AF468683

LES

AMANS SANS AMOUR,

OU

LA PERSUATION INTÉRESSÉE,

COMÉDIE

En deux Actes et en Prose, mêlée de Vaudevilles,

Par M. RADET;

Représentée, pour la première fois, à Paris, sur le Théatre du Vaudeville, le 2 Vendemiaire an XIII; et reprise avec des changemens le 18 Mai 1811.

DE L'IMPRIMERIE DE HOCQUET ET Cie.,
rue du Faubourg Montmartre, N°. 4.

PARIS,
Chez Barba, Libraire, Palais-Royal, derrière le Théâtre Français, N°. 51.

1811.

Yth 499

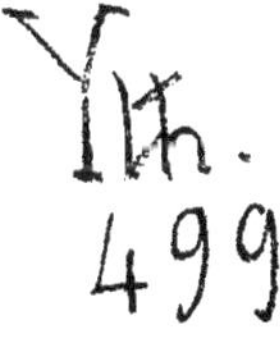

PERSONNAGES.

Mme. DE BLAINVILLE.	Mlle. Bodin.
LOUISE, sa fille aînée.	Mlle. Arsène.
JULIETTE, sœur de Louise.	Mlle. Rivière.
Mme. DE RAINSI, nièce de Mme. de Blainville.	Mme. Hervey.
Le Colonel DE VALBÈLE, amant de Juliette.	M. Julien.
M. DE VERSEUIL, cousin du Colonel.	M. Sevestre.
TRINKMANN, musicien allemand.	M. Joly.
Un Laquais.	M. Doisi.

La scène se passe dans une campagne, près de Paris.

LES AMANS SANS AMOUR,

OU

LA PERSUATION INTÉRESSÉE,

COMÉDIE

En deux Actes, en Prose, mêlée de Vaudevilles.

ACTE PREMIER.

Le Théâtre représente un Salon.

SCENE PREMIERE.

Mad. DE RAINSI, JULIETTE, VALBELE.

MAD. DE RAINSI, *entrant la première et regardant partout.*

Personne, et nous pourrons causer dans ce salon tout à notre aise.

JULIETTE.

Avant que ma mère soit levée, et que ma sœur soit descendue, apprenez-nous donc, mon cher Valbèle, quel a été votre projet, en nous amenant M. de Verseuil, votre cousin.

VALBÈLE.

Vous ne le devineriez jamais ; c'es le projet le plus neuf, le plus fou...

Mad. DE RAINSI, *gaîment.*

Nous en ferons l'éloge quand nous le connaîtrons : au fait.

VALBÈLE.

M'y voici. (*à Juliette*) Lorsque je voulus, il y a six mois, avouer mon amour à madame votre mère, et lui demander votre main, vous vous y opposâtes, en m'assurant qu'elle n'entendrait à aucune proposition de mariage pour vous, tant que votre sœur ne serait pas mariée.

MAD. DE RAINSI.

Juliette vous a dit vrai : madame de Blainville dit à tout le monde, qu'elle ne consentira jamais à marier sa fille cadette avant l'aînée : cependant, mon mari prétend que nous pourrons un jour faire entendre raison à sa tante.

VALBÈLE.

Faire entendre raison à une femme prévenue, c'est toujours lent, et un peu hasardé ; j'ai pensé que nous aurions plutôt fait de nous accommoder aux intentions de mad. de Blainville ; et c'est dans cette vue que je vous amène mon cousin ; je veux qu'il devienne amoureux de Louise, et vous verrez qu'il est précisément le mari qui lui convient.

JULIETTE.

Oui, mais je doute qu'il convienne à ma mère. Vous devez vous rappeler que lorsque vous nous le présentâtes à Paris, elle nous dit qu'elle lui trouvait l'air gauche et même un peu niais.

MAD. DE RAINSI.

La remarque était assez juste.

JULIETTE.

Ma mère ignore vos sentimens pour moi ; elle vous a invité à venir passer quelques jours dans cette campagne, et je conclus qu'elle ne serait pas fâchée que vous prissiez du goût pour ma sœur.

MAD. DE RANSI.

Oh ! de sa vie, Louise ne pourrait faire tourner la tête à Valbèle.

VALBÈLE.

Il est certain qu'une femme comme elle me rendrait trop sage.

Air : *Le soir après pénible ouvrage.*

Louise, j'en conviens, est belle,
Elle a du teint, de la fraîcheur,
Et de la grace naturelle ;
Ses grand yeux sont pleins de douceur :
Mais si tout le monde l'admire ;
Si tout en elle semble bien,
Moi je n'aurais rien à lui dire, } *bis.*
Car sa beauté ne me dit rien. }

JULIETTE.

Sérieusement, vous croyez que Verseuil va s'enflammer pour ma sœur ?

VALBÈLE.

Un cœur tout neuf, qui n'a aucune idée de l'amour.

Mad. DE RAINSI.

A son âge, il aurait pu en deviner quelque chose.

VALBÈLE.

Oh! Verseuil ne devine rien. Elevé par son père, dans un vieux château, au fond du Languedoc, il sait la géographie, l'histoire; mais, d'ailleurs, c'est bien le garçon le plus neuf, le naturel le plus paresseux; n'ayant d'idées que celles qu'on lui donne; ne jugeant que d'après ceux qui ont sa confiance; et j'ai l'honneur, moi, de la posséder si parfaitement, que si je lui laissais voir tout ce que je pense de Juliette, il en deviendrait amoureux par respect pour mon opinion.

JULIETTE.

En ce cas, je vous prie de ne pas le prendre pour votre confident.

VALBÈLE.

Je m'en garderai bien.

Mad. DE RAINSI.

Air: *Il est naturel de s'aimer.*

Il va donc croire à votre gré
Qu'il est amoureux de Louise?

VALBELE.

Lorsque je le lui soutiendrai,
Il faudra bien qu'il me le dise.

JULIETTE.

Et ma sœur croira bonnement
A cet amour venu si vite?

VALBELE.

Une femme croit aisément
Tout ce qui prouve son mérite.

Mad. DE RAINSI, *gaîment.*

« Et je sais, sur ce fait, bon nombre d'hommes qui sont femmes. »

VALBÈLE, *gaîment.*

La Fontaine a raison: il est tant de choses communes entre nous, mesdames!... Mais revenons à mon projet. (*à mad. de Rainsi*) Il faut, madame, que vous me promettiez de nous seconder.

Mad. DE RAINSI.

Juliette ne saurait douter de mon amitié. Vous, mon cher colonel, vous êtes le meilleur ami de mon mari; il desire vivement votre mariage avec ma cousine, et vous devez croire que je serai trop heureuse, si je puis vous aider à le faire réussir.

VALBÈLE.

Cette bonne grâce ne m'étonne point ; vous êtes toujours charmante.

Air : *Faut qu'avec nous nos maris soient heureux.*

Entendons-nous pour amener à bien
Cet hymen qui nous intéresse ,
Et, tous les trois , en ne négligeant rien ,
Joignons la prudence à l'adresse.

JULIETTE et Mad. DE RAINSI.

Joignons la prudence à l'adresse.

VALBELE.

Par un exprès envoyé ce matin,
De Verseuil je préviens le père ,
Et comme il veut marier mon cousin ,
Nous aurons son aveu j'espère. (*bis.*)

ENSEMBLE.

Entendons-nous pour amener à bien , etc.

Mad. DE RAINSI.

Ce Verseuil parait bien apathique.

VALBELE.

Nous le rendrons très-amoureux.

JULIETTE.

Et par une vertu sympathique
Louise doit charmer ses yeux. (*bis.*)

Mad. DE RAINSI., *gaîment.*

Il sera donc très-amoureux ?

VALBELE.

Assurément, car je le veux.
(*à Juliette.*)
Mais, pour bien faire,
Il est nécessaire
De persuader votre sœur
Que Verseuil a touché son cœur.

JULIETTE.

C'est bien facile ,
Elle est docile...

Mad. DE RAINSI.

Oui , Louise , moi j'en réponds,
Croira tout ce que nous voudrons...

Mad. DE RAINSI, *à Valbèle.*

Allez trouver Verseuil ; nous attendrons Louise dans ce salon...

ENSEMBLE.

Entendons-nous pour amener à bien , etc.

(*Valbelle sort.*)

SCENE II.

Mad. DE RAINSI, JULIETTE, LOUISE, *un livre à la main, entrant par une porte de côté, tandis que Valbèle sort par le fond.*

Mad. RAINSI.

La voici. (*Allant au-devant de Louise qui quitte son livre*) Vous arrivez bien à propos, ma chère Louise; Juliette me soutenait que vous avez remarqué, hier, l'extrême attention avec laquelle M. de Verseuil vous a regardée pendant toute la soirée.

LOUISE, *froidement.*

Moi ! vous plaisantez, ma cousine.

JULIETTE.

Vous conviendrez qu'il a été occupé de vous d'une manière particulière.

Mad. DE RAINSI.

Cela me paraît naturel... ce jeune homme est aimable.

LOUISE.

Vous trouvez ?

Mad. DE RAINSI.

Il a beaucoup de grâce dans l'esprit, et je lui crois de la gaîté.

LOUISE.

Air : *Ton air est vain pour le séduire.*

Il a la figure bien triste.

Mad. DE RAINCI.

Il a l'air et noble et décent.

JULIETTE.

Des arts il est l'apologiste ;

Mad. DE RAINSI.

Sur lui leur empire est puissant.

LOUISE.

La musique le charme peu.

Mad. DE RAINSI.

Il l'aime, il en parle avec feu.

JULIETTE.

Et la géographie!

Mad. DE RAINSI.

Et la chronologie !

JULIETTE.

Ma sœur, c'est étonnant
Combien il est savant !

Mad. DE RAINSI.

Verseuil assurément
Est un homme charmant. } *bis avec Juliette.*

Ce qui m'étonne, c'est qu'aimant les arts, comme vous le dites, il ne m'ait pas dit un seul mot de mes dessins.

MAD. DE RAINSI.

C'est pure timidité ; Valbèle prétend que depuis que Verseuil vous a vue, son esprit et son caractère sont tout-à-fait changés, et il redoute pour son cousin les effets d'une passion, d'autant plus vive, qu'elle paraît plus concentrée.

JULIETTE, *avec finesse.*

Soyez sûre que ma sœur en sait déjà quelque chose.

LOUISE, *froidement.*

Point du tout ; je vous le dirais.

MAD. DE RAINSI.

Juliette vous soupçonne du penchant pour Verseuil.

LOUISE.

Mais sur quoi pouvez-vous penser...

JULIETTE.

Sur quoi ? je suis plus instruite que vous ne croyez.

Air : *Vous savez ce qu'il faut qu'on fasse.*

Cette nuit, ma chère Louise,
Vous parliez tout haut en dormant,
Et, s'il faut que je vous le dise,
Vous nommiez Verseuil fréquemment.
Sans doute, par un doux mensonge,
Il enchantait votre sommeil,
Et l'objet qui nous charme en songe
Ne nous déplait pas au réveil.

LOUISE.

Cela est inconcevable, car, de la meilleure foi du monde, je ne pense point du tout à lui.

JULIETTE.

Voici ces messieurs.

MAD. DE RAINSI, *à Louise, à part.*

Examinez Verseuil, et voyez si les remarques de Juliette sont fondées.

SCÈNE IV.

Les Mêmes, VALBELE, VERSEUIL.

VALBÈLE, *bas à Verseuil, en entrant.*

Observez Louise avec attention. (*haut*) Mesdames, voilà mon cousin, qui était très-impatient de vous faire sa cour.

VERSEUIL, *les yeux fixés sur Louise.*

Oh ! oui, très-impatient.

VALBÈLE.

Vos santés sont trop jolies, pour que nous ayons besoin d'en demander des nouvelles.

VERSEUIL, *de même.*

Ce serait une question bien inutile.

LOUISE, *à part.*

En rencontrant ses yeux, je viens d'éprouver une émotion....

Mad. DE RAINSI, *bas à Louise.*

Vous voyez... toujours les yeux sur vous.

LOUISE.

Cela commence à m'inquiéter.

VALBÈLE, *bas à Verseuil.*

Avais-je tort?... qu'en dites-vous?

VERSEUIL, *bas à Valbèle.*

Mon ami, je viens d'éprouver quelque chose... que je n'avais jamais senti.

LOUISE, *à part.*

Ma sœur aurait-elle raison?

Mad. DE RAINSI, *à Louise.*

Ne comptez-vous pas faire de la musique aujourd'hui?

LOUISE.

Oui, c'est le jour de mon maître.

VALBÈLE.

Est-ce toujours le bon Allemand?

LOUISE.

Toujours M. Trenkmann.

JULIETTE.

C'est un singulier original, un enthousiaste de musique.

VALBÈLE.

Oui, de sa musique. D'honneur, je le crois un peu fou.

Mad. DE RAINSI.

C'est une petite tête dont l'amour-propre est très-grand.

JULIETTE.

Chaque fois qu'il vient, il a la manie de nous apporter de la musique nouvelle, de sa composition.

VALBÈLE.

Oui, qu'il a pillée partout.

JULIETTE.

Il est difficile de faire toujours du neuf; et pourtant, il faut se conformer au goût des amateurs, et à cet amour que nous avons tous pour tout ce qui est nouveau.

VERSEUIL.

C'est, selon moi, un goût très-fatigant; on aurait plutôt fait de n'aimer qu'une chose et de s'y fixer.

VALBÈLE.

Il a raison.

Air : *vaudeville de la Robe et les Bottes.*

C'est ainsi que parle le sage,
C'est ainsi que pense Verseuil :
Simple et modeste en son langage,
Du changement il fuit l'écueil :
Trop d'éclat n'a rien qui le tente,
Il a les goûts de l'âge mur :
A la clarté la plus brillante
Il préfère un jour doux et pur.

JULIETTE.

N'oublions pas qu'il est l'heure d'entrer chez ma mère.

LOUISE.

Je sais déjà qu'elle a bien dormi.

MAD. DE RAINSI, *à Valbèle.*

Ce devoir rempli, nous nous retrouverons.

(Les Dames sortent.)

SCÈNE III.

VALBELE, VERSEUIL.

VALBÈLE.

Convenez, mon ami, que Louise est la personne la plus belle, la plus intéressante...

VERSEUIL.

Il est certain que mademoiselle Blainville...

VALBÈLE.

Ses yeux sont d'une vivacité... le son de sa voix d'une douceur, d'une mélodie... c'est que moi, j'avoue qu'un beau son de voix me transporte

VERSEUIL, *froidement.*

Oh! oui, cela transporte...

VALBÈLE.

Oh! je sais que tous vos goûts sont très-vifs, et dans ce moment-ci, j'en suis vraiment allarmé.

VERSEUIL.

Pourquoi?

VALBÈLE.

Comme je vous le disais tout-à-l'heure....

Air : *Femmes, voulez-vous éprouver?*

J'ai pénétré votre secret.

VERSEUIL.

Mon secret... que voulez-vous dire?

VALBÈLE.

En vain vous faites le discret.

VERSEUIL.

Valbèle sans doute aime à rire.

VALBÈLE, *le pressant dans ses bras.*

Par moi ce cœur étudié
Ne saurait être inexplicable ;
L'Amour aux yeux de l'amitié
N'a point de voile impénétrable.

VERSEUIL.

Je vous jure, mon ami...

VALBÈLE.

Eh quoi! vous abuseriez-vous sur le sentiment que vous éprouvez ? vous avez aimé Louise dès le jour que je vous ai présenté chez elle.

VERSEUIL.

Il est vrai que je fus frappé de sa beauté.

VALBÈLE.

Souvent, depuis, vous m'avez parlé d'elle?

VERSEUIL.

J'en conviens.

VALBÈLE.

Et, quand j'ai demandé pour vous, à madame de Blainville, la permission de venir passer quelques jours dans cette campagne, vous en avez été enchanté.

VERSEUIL.

Oui... mon cher colonel, en vérité, je crains que vous n'ayez deviné juste.

VALBÈLE, *vivement.*

J'ai là-dessus plus d'expérience que vous : je parie que c'est votre première passion ?

VERSEUIL.

Oh ! oui, c'est la première...

VALBÈLE, *vivement.*

Elle fera le destin de votre vie.

VERSEUIL.

Je n'en serais pas surpris.

VALBÈLE.

Air : *Dans cette maison à quinze ans.*

Vous avez fait un si bon choix!

VERSEUIL.

Oui : mais les projets de mon père...

VALBÈLE.

Louise vous tient sous ses lois.

VERSEUIL.

Un jour je l'oublirai, j'espère.

VALBÈLE.

Non, non, vous serez son époux;
Je vous connais mieux que vous-même.

VERSEUIL.

C'est possible ; car entre nous,
Mon cher, j'avais besoin de vous,
Pour savoir à quel point je l'aime.

VALBÈLE.

Mademoiselle de Blainville, indépendamment de ses avantages personnels, est un très-grand parti par son rang et sa fortune, et je me charge, moi, d'obtenir le consentement de votre père.

VERSEUIL.

Vous me rendrez un grand service; mais pourrai-je plaire à Louise?

VALBÈLE.

Je suis sûr que vous lui plaisez déjà: oui, à la manière dont elle vous regarde...

VERSEUIL.

Ah! s'il était vrai!

VALBÈLE.

Voulez-vous en être certain? parlez-lui; dites à mademoiselle de Blainville et à la mère, toute la vérité.

VERSEUIL.

Vous me le conseillez?

VALBÈLE, *vivement*.

Assurément, une bonne déclaration, bien nette et bien franche, voilà ce qu'il faut pour arriver au but.

VERSEUIL.

C'est que je suis un peu timide.

VALBÈLE.

Vous n'en serez que plus intéressant.

VERSEUIL.

Comment m'y prendrai-je?

VALBÈLE.

Tout simplement. Lorsque vous serez seul avec elle...

Air : *Du Vaudeville de l'Opéra Comique.*

Précipitez-vous à ses pieds.

VERSEUIL.

C'est bien dit; je m'y précipite.

VALBÈLE.

Là pressez, priez, suppliez...

VERSEUIL.

Elle va rester interdite....
Que lui dirai-je en cet instant ?

VALBÈLE.

Tout ce que vous avez dans l'âme :
On est toujours très-éloquent } *bis.*
Aux genoux d'une femme. }

VERSEUIL.

J'ai peur d'avoir l'air gauche.

VALBÈLE, *vivement.*

Vous craignez d'être gauche; vous êtes timide, embarrassé, tremblant... ah ! mon ami, comme vous aimez !... Voici ces dames.

SCENE V.

Les Mêmes; Mad. DE RAINSI, LOUISE.

Mad. DE RAINSI.

Je croyais trouver Juliette dans ce salon : elle a, ce matin, la fantaisie d'une promenade en bateau.

VERSEUIL.

Je suis de l'avis de mademoiselle Juliette; rien ne m'amuse comme une course sur l'eau.

VALBÈLE, *à part.*

A l'autre ! (*bas à Verseuil.*) il faut profiter de cette partie, pour avoir un entretien avec Louise.

VERSEUIL.

Vous croyez ?

LOUISE.

En attendant, ma sœur, je vais me mettre à dessiner.

Mad. DE RAINSI.

Vous n'en aurez pas le tems. Si vous m'en croyez, vous montrerez vos dessins à M. de Verseuil; il ne les connaît pas, et je suis sûre que vous lui ferez grand plaisir.

VERSEUIL.

Assurément, si mademoiselle a cette complaisance.

VALBÈLE, *à Louise, qui va à la table où sont les dessins.*

Air : *vaudeville de Frosine.*

Montrez vos dessins hardiment.
Verseuil est fait pour s'y connaître.

VERSEUIL, *à Louise.*

Vous en avez beaucoup, vraiment.

LOUISE.

Oui, j'en ai de plus d'un bon maître.
Avec plaisir je montre à tous

Ce qui n'est pas de mon ouvrage.

VERSEUIL.

Moi, ce que je verrai de vous
Me plaira davantage.

VALBÈLE.

Pas mal. (*à Verseuil, tandis que les dames parlent bas.*) Celui-ci est de mademoiselle ; c'est un sujet mythologique ; dites-lui là-dessus quelque chose d'agréable.

VERSEUIL.

Oui, oui.

VALBÈLE, *idem.*

Nous allons sortir ; profitez du moment pour vous déclarer.

VERSEUIL.

Restez, vous m'encouragerez.

VALBÈLE

Louise ne s'expliquerait jamais devant moi. (*Il fait signe à madame de Rainsi.*)

Mad. DE RAINSI, *à Louise.*

Comme nous connaissons votre porte-feuille, pendant que M. de Verseuil va l'admirer, nous allons chercher Juliette.

LOUISE.

Ne restez pas long-tems.

VALBÈLE, *bas à Verseuil.*

Du feu, de la passion, et l'on triomphe de tout.

SCENE VI.

VERSEUIL, LOUISE.

VERSEUIL, *à part, tenant un dessin de Louise.*

Et l'on triomphe de tout. Un militaire, un colonel ; ces gens là ne parlent que de triompher. (*à Louise.*) Celui-ci est de vous, mademoiselle ?

LOUISE, *montrant d'autres dessins.*

Oui, monsieur ; mais je vais vous en montrer plusieurs d'Isabey, de Gérard...

VERSEUIL.

Air : *Avec vous, sous le même toit.*

Moi je préfère celui-là
A tous les dessins qu'on renomme.

LOUISE.

C'est Vénus, près du mont Ida,
De Pâris recevant la pomme.

VERSEUIL.

Pâris a l'air bien amoureux,

Son expression est touchante :
Mais à son sourire, à ses yeux } *bis.*
Je trouve ici Vénus parlante.

LOUISE.

Si je ne prenais ce que vous me dites là pour un compliment, vous me donneriez de l'amour-propre.

VERSEUIL, *avec embarras.*

Moi, mademoiselle... (*à part*) Je ne trouve plus rien à lui dire... Il faut faire ce que Valbèle m'a dit, me précipiter à ses pieds... allons... (*Il tombe brusquement aux genoux de Louise.*)

LOUISE, *se reculant un peu.*

Que faites-vous donc, monsieur?

VERSEUIL, *à part.*

Je crois qu'elle se fâche. (*haut et avec embarras*) Ce que je fais, mademoiselle... c'est ce volant qui était tombé. (*Il ramasse le volant et se relève.*) Ah!

LOUISE

Il ne fallait pas prendre la peine de vous mettre à genoux pour cela.

VERSEUIL, *se rassurant.*

Ah! mademoiselle, cette peine n'est rien.... Le volant est un jeu d'exercice très-agréable.

LOUISE, *souriant.*

Cela dépend des goûts.

VERSEUIL.

On peut en tirer une comparaison que je crois assez juste.

Air : *Mon père était pot.*

Voyez le volant agité
Sur la double raquette,
De l'une à l'autre il est jetté
Par la main qui le guette :
Poussé, repoussé,
Tombé, ramassé,
Dans son léger voyage:
Des pauvres humains,
Jouets des destins,
C'est la parfaite image.

LOUISE, *souriant.*

Si vos idées ne sont pas gaies, elles sont du moins morales.

VERSEUIL, *faisant l'agréable.*

Je sens bien que ceci est un reproche, que je mérite; j'aurais dû plutôt vous proposer.. (*il va chercher les raquettes*)

LOUISE, *à part.*

Ma sœur tarde bien à venir.

VERSEUIL, *lui présentant une raquette.*

Vous y jouez, mademoiselle.

LOUISE.

Quelquefois.

VERSEUIL, *tendrement.*

Une petite partie.

LOUISE, *la prenant machinalement.*

Je suis fort maladroite.

VERSEUIL, *très-gaîment.*

Je crois tout le contraire. (*jetant le volant.*) A vous, mademoiselle. (*Ils se mettent à jouer au volant.*)

SCENE VII.

Les Mêmes Mad. DE RAINSI.

Mad. DE RAINSI, *à part, en entrant..*

Voilà une conversation bien tendre et bien animée. Je vois qu'ils ne se sont rien dit. .il faut les faire parler. (*Haut à Verseuil, qui vient de laisser tomber le volant.*) Maladroit !

LOUISE.

Vous venez seule, ma cousine.

Mad. DE RAINSI.

Juliette et Valbèle nous attendent sur la terrasse.

VERSEUIL.

Allons les rejoindre.

Mad. DE RAINSI.

Un moment. (*avec gravité.*) Vous savez, monsieur, que votre ami m'a confié vos sentimens pour ma cousine; je les trouve très-naturels : quand on aime une personne aussi digne d'estime, on doit aimer avec excès.

VERSEUIL.

C'est juste, avec ecéès.

Mad. DE RAINSI.

Mais puisque tout est convenu entre vous ?. .

LOUISE, *bas, à Mad. de Rainsi.*

Vous vous trompez.

Mad. DE RAINSI, *haut.*

Je ne ne me trompe jamais.

Air : Uni par un nœud clandestin.

Dans l'espoir d'être votre époux,
Il vous a dit qu'il vous adore,
Que son destin dépend de vous.

LOUISE.

Monsieur n'en a rien dit encore.

Mad. DE RAINSI, *à Verseuil.*

S'il n'a rien dit, il a grand tort.
(*à Louise.*)
Mais ce silence doit vous plaire.
C'est faire un bien pénible effort
Que d'aimer beaucoup (*3 fois.*) et se taire.

VERSEUIL.

Oh! oui, c'est un effort...

Mad. DE RAINSI.

Il a craint de n'être pas maître de ses expressions, de ses transports.. avec son air froid et réservé, c'est un homme très-impétueux.

LOUISE.

S'il est ainsi, il ne faut pas juger monsieur sur les apparences.

Mad. DE RAINCI.

Verseuil ressemble au mont Hecla; de glace au-dehors et de flamme au-dedans.

VERSEUIL.

Cette comparaison me peint parfaitement.

Mad. DE RAINSI.

Vous voyez donc qu'aux termes où vous en êtes, vous devez autoriser monsieur à vous demander à madame votre mère.

VERSEUIL

Oui, mademoiselle, autorisez-moi.

Mad. DE RAINSI

Il lui faut un aveu positif, et je crois que vous n'avez pas envie de le refuser.

LOUISE.

Eh! mais...

Mad. DE RAINSI, *vivement.*

C'est une chose dite: allez tout deux rejoindre Juliette et Valbèle. Moi, j'attends ici votre mère; je veux la prévenir sur cette confidence, et vous viendrez ensuite confirmer ce que j'aurai dit.

VERSEUIL, *montrant Mad. de Rainsi.*

Nous lui devrons notre bonheur.

LOUISE

Air: *Ce n'est que pour Magdelon.*

Je promets de réussir,
Je connais le cœur de ma mère,
Et si Monsieur répond de l'aveu de son père...

Mad. DE RAINSI.

Valbele est sûr de l'obtenir :
Ma tante au salon va venir
Je l'attends pour la prévenir.

VERSEUIL, *à Louise.*

Voyez pourtant quel embaras ?
Sans elle nous ne parlions pas.

Mad. DE RAINSI.

Par vos regards, votre silence,
Vous vous étiez parlé d'avance :
Mais dans un tel entretien,
Un peu d'aide fait grand bien. (*bis.*)

ENSEMBLE.

Par vos/nos regards votre/notre silence
Vous vous étiez/Nous nous étions parlé d'avance,
Mais dans un tel entretien
Un peu d'aide fait grand bien. (*bis*)

(*Verseuil et Louise sortent.*)

SCENE VIII.

Mad. DE RAINSI, *seule.*

Voilà enfin nos jeunes gens persuadés qu'ils s'aiment, et cette persuasion va les mener très-agréablement au but que nous nous proposons.

Air *d'un quart-d'heure de silence.*

Pourvu qu'ils puissent croire
Qu'ils sont bien amoureux,
Cette flamme illusoire
Doit suffire à leurs vœux.
Aimer d'amour extrême
Est souvent un malheur.
Mais rêver que l'on aime,
C'est toujours un bonheur.

SCENE IX.

Mad. DE RAINSI, Mad. DE BLAINVILLE.

Mad. DE RAINSI, *allant à sa tante.*

Il me tardait, ma tante, de vous voir sortir de votre appartement.

Mad. DE BLAINVILLE.

Quand vous êtes avec nous, ma nièce, je ne me crois pas

obligée d'être continuellement avec mes filles. Eh ! puis, je n'ai pas besoin de les suivre pour savoir m'occuper d'elle.

Mad. DE RAINSI.

Aussi elles vous chérissent à l'envi l'une de l'autre.

Mad. DE BLAINVILLE

L'aînée particulièrement ; oui, j'avoue que je regarde Louise autant comme mon amie que comme ma fille.

Mad. DE RAINSI

Je la crois fière de cette préférence sur sa sœur.

Mad. DE BLAINVILLE

Plusieurs partis se sont proposés pour Juliette ;mais tant que Louise ne sera pas mariée...

Mad. DE RAINSI

A propos de cela, je suis chargée de vous faire, de sa part, une petite confidence.

Mad. DE BLAINVILLE

Pourquoi ma fille ne vient-elle pas !

Mad. DE RAINSI

L'embarras d'un premier aveu... Mais la voici, vous allez tout apprendre d'elle-même.

SCENE X.

Les Mêmes, LOUISE.

Mad. DE BLAINVILLE

Eh quoi ! ma fille, vous avez fait un choix, et votre mère l'ignore.

LOUISE.

Ah! n'accusez point mon cœur, incertaine de mes sentimens.

Mad. DE RAINSI, *vivement.*

Il est inutile de chercher à dissimuler une inclination aussi vive que raisonnable, quand ma tante saura que M. de Verseuil est celui...

Mad. DE BLAINVILLE, à *Louise.*

Vous aimez M. de Verseuil. (*Louise baisse les yeux.*) Mais vous le connaissiez à peine avant son arrivée..

Mad. DE RAINSI

Ah! ma tante, c'est bien le coup de sympathie le plus rare, le plus extraordinaire...

Air : *Suson sortait de son vilage.*

Par une puissance inconnue,
Ici Verseuil est attiré,
Il vient de Louise à sa vue,
Le cœur sensible a soupiré.

Et sur-le-champ,
En s'approchant,
Leur voix se trouble et leur âme est émue;
Sans le vouloir,
Sans le savoir,
Des feux d'amour ils sentent le pouvoir.
Louise veut vous en instruire,
Lorsque je la trouve en ces lieux,
Et soudain je lis dans ses yeux...
Ce qu'elle allait vous dire.

LOUISE

Ma cousine a lu dans mes yeux
Ce que j'allais vous dire.

Mad. DE BLAINVILLE

J'aurais mieux aimé que le choix de Louise fût tombé sur M. de Valbèle: je le trouve plus aimable.

Mad. DE RAINSI.

C'est un autre genre. D'ailleurs Verseuil est un parti très-sortable, avantageux même. Mon père, qui connait toute sa famille..

Mad. DE BLAINVILLE

Je la connais aussi, et je n'ai aucune objéction à faire de ce côté-là; mais le jeune homme me parait avoir un esprit assez médiocre.

Mad. DE RAINSI

Il a infiniment de modestie; et en la supposant fondée, vous savez que ceux qui n'ont pas un esprit supérieur, ont souvent des vertus mille fois préférables.

Mad. DE BLAINVILLE

Ma nièce parle comme un ange... Ma fille, je vous aime trop pour vouloir hazarder votre bonheur; je veux m'assurer si M. de Verseuil vous aime véritablement, et s'il est digne de vous.

SCENE XI.

Les Mêmes JULIETTE, ensuite VALBÈLE, VERSEUIL, TRINKMANN.

JULIETTE

Ma sœur, votre maître de musique.

Mad. DE BLAINVILLE

Tant mieux. (*à Louise.*) M. de Verseuil ne connaît pas votre talent, et nous verrons l'effet qu'il produira sur lui.

TRINKMANN

Mestames, che vous salue de tout mon cœur, très-humblement.

MAD. DE BLAINVILLE

Bonjour mon cher Trinkmann.

MAD. DE RAINSI, *à Valbèle.*

Ma tante n'est pas très-éloignée de consentir au mariage de Louise, et vous pourez bientôt demander la main de Juliette.

VALBÈLE

C'est bien mon projet ; nous avons fait merveille.

TRINKMANN, *montrant de la musique.*

Che vous porte aussi une scène de mon nouvel opéra.

VALBÈLE

Dans le genre italien ?

TRINKMANN

Moi, le chenre italien... Non, di-tout ; je n'aime pas les roucoulemens, les gazouillades, les chevrottemens. Tenez, jetez un peu les yeux là-dessus. *(Il lui remet un rouleau de musique)* Je ne sais si cela être bien, mais che suis certain qu'on ne pouvait pas mieux faire.

MAD. DE RAINSI, *gaîment.*

Sa naïveté me charme.

JULIETTE

Moi, j'admire toujous sa modestie.

TRINKMANN

Après dîner, Mlle. Louise, elle vous chantera ma scène.

VERSEUIL

Oui, après dîner.

VALBÈLE, *regardant sa montre.*

Pourquoi retarder ce plaisir ? nous avons encore le tems.

TRINKMANN, *à Louise.*

Si mademoiselle elle voudrait tout de suite.

LOUISE

Volontiers.

VALBÈLE, *à Verseuil.*

Vous ne savez pas comme mademoiselle chante !

VERSEUIL, *bas et tristement.*

C'est que je ne suis guère connaisseur.

TRINKMANN

Che ne vous dirai pas la sujet de mon opéra, ce serait trop long ; mais la poëme, il être superbe, de toute beauté.

MAD. DE RAINSI

Bien. Le poète dira que votre musique est céleste ; mais malgré l'exagération des mots, les choses restent ce qu'elles sont, et c'est le tems qui confirme ou détruit les éloges.

TRINKMANN, *avec chaleur.*

Moi, che n'ai rien à craindre du tems ; au contraire, che suis sûr que la postérité elle me rendra justice...

VALBÈLE, *lui frappant sur l'épaule.*

Moi, je n'en doute pas.

TRINKMANN

Messieurs, mestames, voulez-vous bien vous asseoir. (*On prend des sièges.*) Imaginez-vous que j'avre fait une ouverture terrible, diabolique, c'est untapage dans l'orchestre.. deux fois plus de trombonnes que de coutume.

Mad. DE BLAINVILLE

J'en aimerais mieux deux fois moins.

(*Tout le monde est assis, excepté Trinkmann. Verseuil est à côté de Valbèle, près de Louise: il penche doucement la tête sur le piano entrouvert, et bat légèrement la mesure du bout du pied, en suivant le mouvement donné par Valbèle.*)

TRINKMANN

Cette scène être quand la princesse était dans la prison où la tyran la tenait enfermée ; c'est ein sujet tragique : la princesse elle ne savait pas qu'est-ce qu'il était devenu son amant.

JULIETTE, *avec ironie.*

Voilà qui annonce un intérêt très-neuf.

TRINKMANN, *prenant un violon.*

Oh! c'était très-intéressant.. Allons, mademoiselle, beaucoup de l'expression, je vous prie, et ne vous tremblez pas.

LOUISE, *s'accompagnant au piano et soutenue par Trinkmann, avec le violon.*

RÉCITATIF.

Dans ces funestes lieux de tristesse et d'alarmes...

VALBÈLE.

Brava!

VERSEUIL, *par imitation.*

Brava!

TRINKMANN

Chût.

LOUISE.

Quel sera ton destin, malheureuse Emira!

TRINKMANN

La princesse, elle se nomme Emira.

LOUISE, *continuant.*

Faut-il toujours souffrir et répandre des larmes!
Qui calmera mes maux! qui me délivrera!

VALBÈLE.

Comme un ange... Brava! brava!

VERSEUIL, *avec un baillement étouffé.*

Brava, comme un ange...

TRINKMANN

A l'ariette, à présent; piano, la ritournelle..Bien, piano.. c'est çà... un peu fort... bien. Au chant.

LOUISE.

Princesse infortunée!
Cruelle destinée.

(*Valbèle voyant Verseuil au moment de s'endormir, repousse sa tête appesantie. ce qui fait tomber le petit bâton qui soutient le couvercle du piano, lequel tombe avec fracas: Louise s'arrête.*)

VERSEUIL, *se levant en sursaut et applaudissant.*

Brava! brava!

VALBÈLE, *vivement.*

Oh! pour le coup, voilà un trait d'enthousiasme qui mérite d'être remarqué. Verseuil ne fait nulle attention au bruit qui vient de nous faire tressaillir, il n'entend que la musique de M. Trinkmann, et dans ce désordre, son premier mouvement est d'applaudir.

TRINKMANN

Monsieur il être ein véritable amateur.

VALBÈLE.

Quand il écoute de belles choses, il est comme le sage d'Horace, la chute du monde ne l'ébranlerait pas.

Mad. DE BLAINVILLE, *souriant ironiquement.*

En effet, il écoute bien la musique.

UN DOMESTIQUE, *une serviette à la main (à Mad. de Blainville.*)

On demande si on peut servir.

Mad. DE BLAINVILLE

Mais oui..(*à Louise.*) vous reprendrez votre scène après diner.

TRINKMANN

Soit, mais en attendant...

Air : *Les guerriers chantent leur victoire*, (*de la mélomanie.*)

Je prétends vous chanter à table
Un grand air de mon opéra.
C'est un morceau très-remarquable,
Qui, j'en suis sûr, vous plaira,
Car l'effet en est admirable.

Mad. DE RAINSI.

A table nous chanterons tous..

CHŒUR.

A table nous chanterons tous.

MAD. DE RAINSI.

On trouve bon tout ce qu'à table on chante.

CHŒUR.

On trouve bon ce qu'à table on chante.

VALBELE.

La gaîté rend l'âme indulgente,
Et c'est vraiment le plaisir le plus doux.

CHŒUR.

On trouve bon tout ce qu'à table on chante,
La gaîté rend l'âme indulgente,
Et c'est vraiment le plaisir le doux.

(*Tout le monde sort ; le domestique remet les siéges en place.*)

Fin du premier Acte.

ACTE II.

SCENE PREMIÈRE.

VALBÈLE, *seul.*

J'ai feint une indisposition pour échapper à l'ennui d'entendre les chants lamentables de ce Trinkmann.. peut-être mon aimable Juliette m'aura deviné, et j'aurai le plaisir de la voir ici pendant qu'on va servir le café. Le succès de notre entreprise a passé mon espérance : Verseuil épousera Louise, et ce mariage, qui doit amener le mien, va combler tous mes vœux ? des gens difficiles m'accuseront d'avoir employé un peu d'adresse; mais quand elle est nécessaire, il faut bien la pardonner.

Air : *Fortune en ce monde.* (Des Rendez-vous bourgeois.)

Chacun dans ce monde
A la ruse a recours,
Par-tout, à la ronde,
On use de détours.

De leur apathie,
Je sors deux amans;
J'éveille leurs sens,
Je leur rends la vie :
Au but, pas-à-pas,
Que je les conduise,
Verseuil et Louise
Ne s'en plaindront pas.
Amour, je t'implore !
Par ce double accord,
Unis à mon sort
Celle que j'adore.

Chacun dans ce monde
A la ruse a recours,
Par-tout, à la ronde,
On use de détours,
Et je le soutien :
Quoi qu'on veuille faire,
La route ordinaire
Ne conduit à rien.

SCENE II.

VALBELE, JULIETTE.

JULIETTE, *à Valbèle qui sourit.*

Ah ! fort bien. Cette indisposition....

VALBÈLE.

N'était qu'un prétexte.

JULIETTE, *gaîment.*

Je vous avais deviné, et je viens vous faire compliment.

VALBÈLE.

Bon ! et sur quoi ?

JULIETTE

Pendant le dîner, vous n'avez eu des attentions que pour ma mère et ma sœur, à peine m'avez-vous regardée ; j'en éprouvais malgré moi un peu de dépit ; cependant le motif en est si aimable..

VALBÈLE.

Je me flatte que ce n'est pas sur mes sentimens que vous avez besoin d'être rassurée.

JULIETTE, *souriant.*

C'est possible ; cependant je ne suis pas tranquille ; j'ai toujours peur que Verseuil ne nous échappe ; et tant qu'il n'aura pas fait une demande positive à ma mère...

VALBÈLE.

Il n'attend qu'une occasion pour parler à madame de Blainville, et j'espère bientôt lui ménager cet instant favorable.

JULIETTE.

Vous croyez qu'il en profitera ?

VALBÈLE.

J'en suis sûr.. Ayez donc aussi quelque confiance en moi.

Air : *O! ciel, reviens à toi.* (Duo de Vacher.)

Allons, ne craignez rien,
Pour nous tout ira bien,
Oui, livrons-nous à l'espérance ;
Allons, ne craignez rien,
Ici tout ira bien ;
Oui, j'en conçois l'assurance.

JULIETTE.

Vous croyez que tout ira bien :
Il faut donc se livrer à cette assurance,
Près de vous mon cœur ne craint rien,
Votre amour fait mon espérance,
Mon soutien.

VALBÈLE.

Ayez entière confiance,
Quoiqu'il en soit de mes projets;
Valbèle à jamais
Vous promets
Fidélité, constance.
Allons, ne raignez rien,
Ici tout ira bien.

Ensemble { Oui livrons-nous à l'espérance, etc.
JULIETTE.
Vous croyez que tout ira bien ? etc.

VALBÈLE.

On vient.

JULIETTE.

C'est notre musicien, je me sauve ; il ne faut pas qu'il nous voieensemble.

(*Elle sort d'un côté ; Trinkmann entre par la porte du fond.*)

SCÈNE III.

VALBELE, TRINKMANN.

VALBÈLE.

Comment, M. Trinkmann, vous vous éloignez de votre aimable écolière, Mlle. Louise ?

TRINKMANN.

Che la cherchais, au contraire. Mamzelle Louise il être une personne aimable, beaucoup, certainement.

VALBÈLE, *vivement.*

N'est-il pas vrai ?.. qu'elle a de grace ! de talens ! et qu'il est doux de lui plaire. (*à part*) Il faut exciter l'enthousiasme de cet original, cela reviendra à Verseuil, et il est bon qu'il croie tout le monde enchanté de Louise.

TRINKMANN.

Che voyais bien, monsieur Valbèle, que j'avais deviné ?

VALBÈLE.

Quoi donc ?

TRINKMANN.

D'abord, on disait, dans la maison, que mam'selle Louise elle va se marier.

VALBÈLE.

Ah ! on dit déjà cela ?

TRINKMANN.

C'était bien véritable, n'est-ce pas ?

VALBÈLE.

J'espère que ce sera bientôt une chose conclue.

TRINKMANN, *d'un air fin.*

Et moi, je croyais que le mari, il n'être pas loin d'ici... dites donc, monsieur le colonel?

VALBÈLE.

Ma foi, la vérité n'est pas loin de ce que vous voulez dire?

TRINKMANN, *d'un ton capable.*

Oh! la vérité ne m'échappe jamais.

VALBÈLE.

Allons, mon cher, voilà une belle occasion pour donner l'essor à votre verve musicale : un mariage, des fêtes; il faut vous signaler?

TRINKMANN.

C'être bien mon prochet... il me vient décha une foule d'idées...

VALBÈLE, *vivement.*

C'est à merveille : je vous laisse à votre enthousiasme; livrez-vous à tout le délire de votre imagination pour célébrer dignement celle dont tout ici doit chanter les louanges.

(*Il sort.*)

SCENE IV.

TRINKMAN, *seul, très-vivement.*

Charni tiable, quelle chaleur! il être terriblement amoureux, monsieur de Valbèle! che m'en étais déjà aperçu tout de suite cet matin, pendant la musique... allons; Trinkmann, cet mariage il te donnera de quoi faire briller ton grand talent, ta science : ah! que che vas faire de la musique admirable!... avec cela que j'avu bir du vin délicieux... diantre, le colonel, il savait bien qu'est-ce qu'il faisait, quand il m'en versait toujours souvent.. plusieurs fois.

Air nouveau de Doche.

Quoiqu'il dise plus d'un docteur,
C'est dans le doux jus de la treille
Qu'existe ce feu créateur
Par qui l'artiste il fait merveille:
Or, nous devons ce jus divin
Au dieu puissant de l'harmonie.
Le soleil mûrit le raisin,
Le raisin mûr fait le bon vin,
Et le bon vin fait le génie.

SCENE V.

TRINKMANN, VERSEUIL.

VERSEUIL.

C'est vous, monsieur Trinkmann ? avez-vous vu le colonel, il m'inquiète ; cette migraine qui l'oblige à sortir de table...

TRINKMANN, *gaîment.*

Oh ! soyez tranquille ; ce n'être pas la migraine qui l'occupait dans cet moment.

VERSEUIL.

Que voulez-vous dire ?

TRINKMANN, *d'un air fin.*

Vous le soupçonnez de reste...

VERSEUIL.

Oh ! je ne suis pas du tout soupçonneux.

TRINKMANN.

C'est bon, c'est bon ; mais vous avez du jugement, du tact ; diantre ! la manière dont vous écoutiez ma musique..

VERSEUIL.

Quel rapport cela peut-il avoir avec l'état de mon cousin ? Je vous demande ce qu'il fait à présent ?

TRINKMANN.

Çà n'être pas difficile à deviner : quand on est dans la position de monsieur le colonel ; quand on a dans le cœur eine grande passion, on ne cherche qu'ein objet ; on n'être bien qu'avec cet objet.

VERSEUIL.

Valbèle une passion ! allons donc, vous rêvez.

TRINKMANN, *avec humeur et vivement.*

Si je rêve, je n'être pas ni aveugle, ni sourd, peut-être.

VERSEUIL.

Ma foi, je ne vous entends pas.

TRINKMANN, *à part.*

Ah ! quelle intelligence bornée. (*haut et avec chaleur.*) Tout-à-l'heure, dans cet moment, M. le colonel il m'avre fait l'honneur de m'entretenir long-tems de celle qu'il aime. Voilà qui est clair, je crois.

VERSEUIL.

Le colonel est amoureux ! et de qui donc ?

TRINKMANN, *vivement.*

Parbleu ! de mademoiselle Louise.

VERSEUIL.

Qui vous l'a dit ?

TRINKMANN, *vivement.*

Belle demande ! tout le monde.

VERSEUIL.

Cela n'est pas possible.

TRINKMANN.

Oh ! il n'y a rien de plus prouvé, de plus confirmé, de plus indubitable... mais c'est à moi de célébrer cet hymen, et je veux composer ein chant nuptial admirablement magnifique.

VERSEUIL.

Valbèle amoureux de Louise ! allons, cela n'est pas croyable... (*il a l'air de réfléchir.*)

DUO.

Air nouveau de M. Doche.

TRINKMANN, *sans faire attention à ce que dit Verseuil, est assis à une table, composant de la musique.*

Quelle superbe symphonie
Che va tirer de mon brillant chénie !
Ah ! che crois l'entendre déchà.
(*Montrant sa tête.*)
Tous mes motifs je les ai là.

VERSEUIL, *tandis que Trinkmann bat la mesure.*

En vérité, c'est incroyable...
Pourtant,
En y réfléchissant...

TRINKMANN.

Après un chant
Doux et touchant
Che prétend faire un bruit du tiable...

VERSEUIL, *toujours rêvant.*

Mais cet amour est vraisemblable.

TRINKMANN.

Che veux que tout les instrumens
Soient entendus en même-tems.

VERSEUIL.

Ami sensible, incomparable,
Pour assurer mon bonheur,
Faisais-tu taire ton cœur.

TRINKMANN.

Le basson, la trompette,
La flûte, la clarinette,
Le serpent, la musette,
Et tour-à-tour
Fifre et tambour.

(*Il imite les instrumens qu'il vient de nommer.*)

VERSEUIL.

Valbèle veut-il en ce jour
Me sacrifier son amour ?

TRINKMANN.

Puis, par une méthode aisée,
M'éloignant de la route usée,
D'un feu d'artifice brillant
J'imite le bruit éclatant.
Le pétard... le soleil... la fusée. *(Il en imite le bruit.)*
C'est ce qu'il faut pour étourdir,
Pour éblouir.

VERSEUIL

Je ne saurais sans tressaillir
Y réfléchir.

TRINKMANN.

Quelle superbe symphonie
Che va tirer de mon brillant chénie !
Ah ! che crois l'entendre d'échà:
(Montrant sa tête.)
Tous mes motifs je les ai là.

VERSEUIL.

Quoi ! Valbèle pour moi s'oublie,
S'immole au bonheur de ma vie ?
Rien n'est plus noble que cela.
(Montrant son cœur.)
Ce trait sublime est gravé là.

(Trinkmann sort.)

SCÈNE VI.

VERSEUIL, *seul.*

En vérité, plus je songe à ce que Trinkmann vient de m'apprendre, et plus je m'étonne de n'avoir eu aucune idée là-dessus. Il est certain que le colonel ne parle de Louise qu'avec enthousiasme ; qu'avec des éloges, même exagérés : à table, il avait toujours les yeux sur elle, n'était occupé que d'elle... (*avec vivacité*) Valbèle voulait se sacrifier pour moi, cela est clair... je l'avais toujours regardé comme un excellent ami; mais l'effort qu'il fait aujourd'hui met le comble à l'opinion que j'en avais... Certes, je veux lui prouver que mon amitié ne le cède en rien à la sienne, et par un noble sacrifice... oui, je peux lui céder Louise... ah ! cette pensée m'électrise : je ferai plus, je veux la demander pour lui à madame de Blainville... justement la voici : il faut parler de manière à la persuader.

SCENE VII.

VERSEUIL, Mad. DE BLAINVILLE.

Mad. DE BLAINVILLE.

Votre cousin prétend, M. de Verseuil, que vous desirez me parler.

VERSEUIL, *d'un ton affirmatif.*

Oui, madame, j'ai à vous dire des choses très-surprenantes.

Mad. DE BLAINVILLE, *souriant.*

Je crois que je les devine à-peu-près ; Louise m'a déjà fait part...

VERSEUIL, *vivement.*

Non, madame, Mlle. Louise ne sait rien.

Mad. DE BLAINVILLE.

Eh bien ! qu'est-ce donc ?

VERSEUIL.

Vous croyez que M. de Valbèle a la migraine ? point du tout.

Mad. DE BLAINVILLE.

Je ne comprends pas...

VERSEUIL.

Le colonel est dans un état très-dangereux ; mais vous pouvez le guérir d'un seul mot... apprenez que mon cousin est passionnément amoureux de Mlle. Louise de Blainville.

Mad. DE BLAINVILLE.

De ma fille aînée ?

VERSEUIL.

Oui, madame.

Mad. DE BLAINVILLE.

En êtes-vous bien sûr ?

VERSEUIL.

C'est un fait avéré.

Mad. DE BLAINVILLE.

Et pourquoi ne se déclarait-il point ?

VERSEUIL.

Parce qu'il a découvert que j'ai les mêmes sentimens, et..

Mad. DE BLAINVILLE.

Qu'il a supposé que ma fille les partageait ? ah ! que cette conduite est délicate de part et d'autre... Mon cher Verseuil, je ne saurais vous dire à quel point vous m'étonnez.

VERSEUIL.

Je ne fais que mon devoir, madame, et je vous supplie d'accorder à mon ami la main de mademoiselle votre fille.

Mad. DE BLAINVILLE.

Il est impossible de rien ajouter à ce noble procédé.

Air : *De la cinquième édition.*

Par ce pénible dévouement,
A l'amitié je suis fidèle.

MAD. DE BLAINVILLE.

Ah ! votre conduite est vraiment
Digne de celle de Valbèle.

VERSEUIL.

Oui, de l'imiter aujourd'hui,
Son amitié me persuade ;
Et quand je trouve *Oreste* en lui,
Il doit en moi trouver *Pilade.*

MAD. DE BLAINVILLE.

Ami rare et précieux, soyez content, Valbèle me convient; je crois qu'il fera le bonheur de ma fille, et je suis sûre qu'elle m'obéira volontiers.

VERSEUIL, *enchanté et voyant venir Valbèle.*

Ah ! mon ami, vous ne pouvez venir plus à propos ; arrivez, arrivez.

SCENE VIII.

Les Mêmes, VALBELE.

MAD. DE BLAINVILLE, *gaîment.*

Votre indisposition n'a pas eu de suite, à ce que je vois.

VALBÈLE.

Vous êtes trop bonne ; mais elle m'a joué un mauvais tour, en m'obligeant à vous quitter.

VERSEUIL, *avec la plus grande joie.*

Il n'est plus question de cela, madame connait votre secret, votre amour.

VALBÈLE, *à part, avec joie.*

O ciel ! Juliette aurait avoué...

VERSEUIL.

Ne vous donnez pas la peine de dissimuler, et remerciez Mad. de Blainville.

VALBÈLE.

Il se pourrait..

VERSEUIL.

Oui, mon ami, madame consent à votre union avec celle que vous aimez.

VALBÈLE, *tombant aux pieds de Mad. de Blainville.*

Ah! madame, comment vous peindre mon bonheur et ma reconnaissance.

MAD. DE BLAINVILLE, *le relevant.*

C'est votre généreux rival qu'il faut remercier.

VALBÈLE.

Mon rival?

VERSEUIL.

Oui, mon cher Valbèle, je vous cède Mlle. Louise; je renonce à toutes mes prétentions, et je pars aujourd'hui même.

VALBÈLE, *à part.*

Quelle méprise! (*haut.*) Non, non, je n'abuserai point de tant de grandeur d'âme.. j'ai cédé à un premier mouvement dont je n'ai pas été maître; mais la réflexion me rend à moi-même, et l'amitié me défend d'accepter un si grand sacrifice.

VERSEUIL.

Ma résolution est bien prise.

VALBÈLE.

La mienne est irrévocable.

VERSEUIL, *montrant Valbèle.*

Madame, voilà l'époux de Louise.

VALBÈLE, *montrant Verseuil.*

Madame, voilà votre gendre.

VALBÈLE et VERSEUIL.

Air: *Voltaire en dépit de son esprit.*

Ami généreux,
Soyez heureux,
Faites le bonheur de Louise.
Tout vous presse et tout vous autorise
A former les plus doux nœuds.

VALBÈLE.

De Louise, ami, soyez l'époux,
Et mon cœur n'en sera pas jaloux.

VERSEUIL

Non, c'est à vous d'être son époux.

VALBÈLE

Non, c'est à vous.

VERSEUIL

Non, c'est à vous.

TOUS DEUX

Non, c'est à vous.

VERSEUIL, VALBÈLE.

Ensemble.
Ami généreux, etc.
Mad. DE BLAINVILLE
Comme tous les deux
Sont généreux,
Et bien dignes de ma Louise;
Vraiment, je le dis avec franchise,
J'ai peine à choisir entr'eux.

VERSEUIL

C'en est fait, je pars, je me retire.

VALBÈLE

Non, restez... Madame, parlez-lui.

Mad. DE BLAINVILE

Je vous laisse et ne saurais vous dire
Qui je dois préférer aujourd'hui.

TOUS DEUX

C'est lui. (3 *fois*)

Ami généreux, etc.
Mad. DE BLAINVILLE, *en s'en allant.*
Comme tous les deux, etc.

SCENE IX.

VALBELE, VERSEUIL.

VALBÈLE, *vivement.*

A présent que nous sommes seuls, parlons raison; d'abord, vous allez me dire comment vous avez découvert que j'aime Louise... Quelqu'un vous a donné cette idée.

VERSEUIL.

C'est votre migraine qui m'a ouvert les yeux : j'ai bien vu que vous étiez malade de chagrin et d'amour.

VALBÈLE

Oh! ma passion ne va pas jusques là. Mais il ne s'agit point de mon amour : avant tout, nous devons nous occuper de Louise; c'est vous qu'elle aime, et il ne vous est pas permis d'être généreux au dépend de son bonheur.

VERSEUIL.

Vous pouvez aussi la rendre très-heureuse.

VALBÈLE.

Non, non, jamais on ne guérit d'une première passion; Louise vous aime et vous devez lui rester fidèle : si vous l'abandonniez, vous ne seriez qu'un séducteur.

VERSEUIL

Certainement, c'est ce que je ne serai jamais.

VALBÈLE

Oh! j'en suis bien sûr. Ne vous laissez donc point aveugler

par une fausse générosité, et acceptez le bonheur qui vous est offert.

VERSEUIL

Si vous pouviez le voir sans jalousie.

VALBÈLE

Encore une fois, croyez que mes sentimens pour Louise ne doivent pas vous inquiéter. Mais il faut faire part à Mad. de Blainville du résultat de notre conversation. Vous ne pourriez lui parler dans le trouble où vous êtes.

VERSEUIL

Oui, je suis fort troublé..

VALBÈLE.

Vous ne pourriez même lui écrire. Moi, je suis plus calme; je vais faire une lettre que vous copierez et que vous enverrez.

VERSEUIL.

Soit. Ah! que je suis heureux d'avoir un pareil ami!

VALBÈLE, *écrivant.*

« Madame, après une longue conversation avec mon ami,
» je vois, à n'en pouvoir douter, que sa passion est infiniment
» moins vive que la mienne. »

VERSEUIL

Moins vive que la mienne.. bon!

VALBÈLE, *écrivant.*

« Valbèle pourra vivre sans Mlle. Louise, et j'avoue que
» je ne puis exister sans elle. C'est lui qui m'autorise à vous
» ouvrir mon cœur et à vous montrer, sans déguisement, l'ex-
» cès d'un amour dont l'amitié pouvait obtenir le sacrifice,
» mais que rien au monde ne saurait affaiblir.

VERSEUIL

Ne saurait affaiblir.. bien.

VALBÈLE, *achevant sa lettre.*

» Daignez, madame, me rendre l'espérance, ce sera me
» rendre à la vie. » C'est bien là ce que vous pensez?

VERSEUIL

Je n'aurais pas mieux dit.

VALBÈLE.

Voilà votre lettre, que vous allez copier.

SCENE X.

Les Mêmes, Mad. DE RAINSI.

Trio de Doche.

VERSEUIL.

Mon ami, je vais la transcrire,
Et mot à mot, absolument,

VALBÈLE.

Vous serez heureux. . . je respire.
Enfin, voilà mon cœur content.

Mad. DE RAINSI, *arrivant, bas à Valbèle.*

Juliette a deux mots à vous dire,
Au jardin elle vous attend.

VALBÈLE.

J'y vais. . . Il faut que je vous dise
Qu'il voulait me céder Louise.

Mad. DE RAINSI.

Je viens de l'apprendre à l'instant.

VALBELE.

Mais nous avons fait une lettre,
Qu'il va copier sur-le-champ.

(*Bas à Mad. de Rainsi.*)

Tout a changé dans un moment,
Ne le quittez pas, cependant,
Et chargez-vous de la remettre.

Mad. DE RAINSI, *bas à Valbèle.*

Il vous échappe à chaque instant.

VERSEUIL, *à Mad. de Rainsi.*

C'est un ami bien obligeant;
Je suis enchanté de sa lettre.

Mad. DE RAINSI.

Tant mieux, que vous soyez contente.

VERSEUIL, *d'un ton satisfait.*

Je suis sûr de la réussite
De ce billet très-éloquent.
Il faut le copier bien vite,
Puisque mon bonheur en dépend.

(*Tandis que Valbèle et Mad. de Rainsi se parlent bas, il relit la lettre que Valbèle lui a faite.*)

Mad. DE RAINSI, *bas à Valbèle.*

En attendant la réussite
De cet écrit très-éloquent,
Près de Juliette allez bien vîte,
Et rassurez son cœur tremblant.

VALBÈLE, *à Mad. de Rainsi.*

Pour voir Juliette, je vous quitte,
Veillez sur cet esprit flottant;
Faites qu'il écrive bien vîte;
Le moment est vraiment pressant.

VERSEUIL	Mad. DE RAINSI	VALBÈLE
Je sûr de la réus, etc.	En attendant, etc.	Pour voir Juliette, etc.

(*Valbèle sort.*)

SCENE XI.

Mad. DE RAINSI, VERSEUIL.

MAD. DE RAINSI.

Si j'ai bien entendu, vous vouliez céder Louise au colonel? Mais vous n'aviez donc pas réfléchi que ce beau sacrifice vous exposait à passer pour un esprit léger, pour un homme sans caractère.

VERSEUIL

Il est vrai que, dans tout ceci, je me suis conduit avec un peu de précipitation : on a bien raison de dire que la passion ne calcule rien.

MAD. DE RAINSI

Jamais application ne fut mieux placée. Mais ne perdez point de tems, allez écrire votre lettre. Songez qu'un premier mouvement n'est rien, et que c'est la persévérance qui fait tout.

VERSEUIL.

C'est bien dit : la persévérance. Soyez tranquille ; je serai de retour dans un moment. (*Il sort d'un côté, et Juliette entre de l'autre.*)

MAD. DE RAINSI.

Dieu veuille que la girouette ne retourne pas encore.

SCENE XII.

Mad. DE RAINSI, JULIETTE, ensuite LOUISE.

JULIETTE, *vivement.*

Ma cousine, concevez-vous le nouvel embarras où nous nous trouvons ? ma sœur ne veut plus de M. de Verseuil.

MAD. DE RAINSI.

A l'autre, à présent.

JULIETTE

Elle est persuadée maintenant qu'elle doit épouser M. de Valbelle.

MAD. DE RAINSI, *gaîment.*

Bon ! mais cette nouvelle persuasion annonce du moins que son goût se forme.

JULIETTE.

Ce n'est point une plaisanterie : la voici, vous allez l'entendre.

MAD. DE RAINSI.

Rassurez-vous, nous allons la remettre dans le bon chemin. (*à Louise*) Dites-moi donc, ma chère Louise, le motif du trouble et de l'agitation où je vous vois ?

LOUISE

Oh ! c'est un événement inconcevable : M. Trinkmann est convaincu, et il vient de persuader à ma mère que M. de Valbèle m'aime éperduement ; comme elle préfère ce dernier à M. de Verseuil, et je crois qu'elle a raison...

JULIETTE.

Jolie parenthèse.

LOUISE.

Ma mère vient de me donner l'ordre d'épouser le colonel.

MAD. DE RAINSI.

Vous auriez le courage d'obéir ?

JULIETTE.

Avec une passion dans le cœur pour M. de Verseuil ?

Air nouveau de M. Doche.

Qui pourrait mieux lire en mon cœur
Qu'une mère sensible et tendre !
Pour mon repos, pour mon bonheur,
A ses conseils je dois me rendre.
Verseuil avait sû me charmer ;
Mais ma mère, prudente et sage,
A Valbèle aujourd'hui m'engage ;
Et c'est lui que je veux aimer.

MAD. DE RAINSI.

Vous n'y songez pas ; Verseuil est occupé dans ce moment à écrire à madame de Blainville ; il lui peint son amour pour vous dans les termes les plus passionnés, et ma tante n'y sera point insensible ; elle ne voudra point vous sacrifier.

JULIETTE.

Je suis sûre que ce pauvre Verseuil en mourrait.

LOUISE.

Cela me ferait aussi beaucoup de peine.

JULIETTE,

Oh ! je n'en doute pas ; ma sœur est plus affectée qu'elle ne veut le paraître. (*à Louise*) Depuis que nous parlons de ce nouveau mariage, je vois que vous souffrez.

LOUISE.

Oui, je conviens que cela me coûte infiniment ; mais j'épouserai M. de Valbèle.

JULIETTE, *à part, avec dépit.*

Fort bien ! vous verrez qu'elle finira par croire qu'elle

l'aime aussi. (*à Louise*) Prenez-y garde, ma sœur, renoncer à M. de Verseuil est un effort au-dessus de vos forces.

LOUISE.

Oh! c'est un parti pris.

Air : *On culbute de compagnie.*

Vous m'avez dit, je m'en souviens,
Qu'il faut savoir, en toute affaire,
Montrer du caractère, eh bien!
C'est ce qu'aujourd'hui je veux faire.

Mad. DE RAINSI.

C'est un fort beau raisonnement,
Pourtant, je vous dirai, ma chère,
Que montrer de l'entêtement,
N'est pas montrer du caractère.

SCENE XIII.

Les Mêmes, TRINKMANN.

TRINKMANN, *vivement.*

Mestames, vous ne savre pas la nouvelle?

Mad. DE RAINSI.

Non: de quoi s'agit-il?

TRINKMANN.

Monsieur le président de Verseuil, il vient d'écrire à madame de Blainville, pour faire la demande en mariage de mam'selle Louise pour son fils.

Mad. DE RAINSI, *à Louise.*

Voilà un évènement très-heureux.

JULIETTE.

Cela fait respirer.

TRINKMVN.

Juchez comme ce pauvre colonel il va être malheureux! il me jette dans une compassion...

Mad. DE RAINSI.

Oh! il s'attendait à ce qui lui arrive.

TRINKMANN.

C'est que personne il n'aimait autant que lui; je suis sûr qu'il va être au désespoir.

Mad. DE RAINSI.

Mon pauvre Trinkmann... d'honneur, vous me faites pitié.

TRINKMANN.

C'est que vous devinez très-bien... je ne saurais m'empêcher de avoir du chagrin considérablement beaucoup.

JULIETTE.

Air : *Pour tout ce que vous oubliez.*

Du chagrin... pour quelles raisons?

TRINKMANN

Je perds une bonne écolière.

Mad. DE RAINSI

Vous continuerez vos leçons.

TRINKMANN, *mystérieusement à Mad. de Rainsi.*

Ah ! madame, j'en désespère.
Quand jeune fille, en son pouvoir,
Possède un mari jeune et tendre,
Alors, croyant de tout savoir,
Elle ne veut plus rien apprendre.

SCENE XIV.

Les Mêmes, VERSEUIL, *ensuite* VALBÈLE, Mad. DE BLAINVILLE.

VERSEUIL, *remettant sa lettre à Mad. de Rainsi.*

Voici ma lettre ; je vous prie de la rendre bien vîte à madame de Blainville.

Mad. DE RAINSI.

Elle arrive à propos.

VALBÈLE, *à Mad. de Blainville, avec chaleur.*

Je vous conjure, madame, de ne pas refuser mon cousin : il va vous donner la preuve que tout ce que j'ai fait était convenu avec lui (*à Verseuil.*) Mon ami, votre père vient d'écrire à Madame ; il consent à votre bonheur.

VERSEUIL.

Il y consent! (*à part*) j'ai bien fait de persévérer.

VALBÈLE.

Madame, daignez confirmer...

Mad. DE BLAINVILLE.

Les sentimens de votre ami ne me paraissent pas aussi vifs que vous voudriez me le faire croire : à vous entendre, il sera l'homme du monde le plus malheureux, si je ne lui donne pas ma fille, et...

VALBÈLE, *très-vivement.*

Oh! oui, madame, le plus malheureux : Verseuil a dû vous écrire là-dessus, de manière à ne vous laisser aucun doute.

MAD. DE RAINSI, *donnant sa lettre à Mad. de Blainville.*

Je me suis chargée de vous rendre sa lettre.

VRSEUIL.

Si madame veut prendre la peine de la lire, elle y verra l'expression de mes véritables sentimens.

JULIETTE.

Vous l'entendez, ses véritables sentimens.

LOUISE.

Oui, je crois qu'il m'aime beaucoup.

VALBÈLE, *qui observait Mad. de Blainville, lisant.*

Mon ami, soyez heureux, Louise est à vous, madame vous la donne; elle ne me démentira pas; non, madame, je connais votre cœur, votre bonté..

MAD. DE BLAINVILLE, *regardant Valbèle avec admiration.*

Quel parent! quel ami!... quand il serait question d'obtenir pour lui celle qu'il aime, il ne mettrait ni plus de chaleur, ni plus d'empressement. Mais assurez-moi bien que vous ne souffrirez pas du bonheur de votre ami, et que les sentimens que vous avez pour Louise...

VALBÈLE, *vivement.*

Moi, conserver de l'amour pour la femme de mon ami? non; de ce moment, je n'ai plus pour mademoiselle de Blainville, que les sentimens d'un frère, et je vais vous le prouver. (*il prend le ton emphatique*) Madame, vous avez une seconde fille, et je vous demande sa main: le bonheur de vous appartenir a toujours été mon desir le plus vif...

MAD. DE BLAINVILLE.

Vous demandez la main de Juliette?

MAD. DE RAINSI, *à Juliette.*

Il est arrivé assez adroitement à son but

VALBÈLE, *à Mad. de Blainville.*

Douterez-vous de moi, maintenant?

MAD. DE BLAINVILLE

Non, vous êtes un ami parfait.

MAD. DE RAINSI

Oui, parfait.

TRINKMANN

C'est sublime, et j'en perds la respiration.

VALBÈLE.

Ne me louez point, je n'ai aucun mérite ..

MAD. DE BLAINVILLE

J'espère, Juliette, que vous ne refuserez pas un tel époux.

JULIETTE

Vous avez toujours dû compter sur ma soumission ; et si vous lisiez dans mon cœur, vous ne douteriez pas de mon obéissance.

VERSEUIL.

Je vous réponds de Valbèle.

TOUS.

Nous en répondons tous.

TRINKMANN

C'est superbe, et voilà le sujet d'un bel opéra héroïque.

VAUDEVILLE.

Air nouveau de Doche.

Mad. DE BLAINVILLE, *à Louise.*

Vous allez épouser, ma chère,
Celui qu'a choisi votre cœur :
Tout vous promet un sort prospère,
Tout vous annonce le bonheur.

A Juliette.

Et vous, qu'à Valbèle, j'engage,
Vous me prouverez chaque jour,
Qu'on peut être heureux en ménage
En se mariant sans amour.

VERSEUIL, *à Valbèle.*

Mon cher, en cette circonstance,
Je dois vous parler en ami,
N'est-ce pas faire une imprudence
Que de vous engager ainsi ?
Vous avez l'esprit juste et sage ;
Mais je vous le dis sans détour,
Il faut avoir un grand courage
Pour se marier sans amour.

LOUISE

Lisez de nos tendres poëtes
Les vers galans, les vers fleuris.
Ce sont toujours ardeurs parfaites,
Pour Philis, Iris, ou Cloris ;
Mais dans ces vers pleins de tendresse,
Que l'on imprime chaque jour,
Combien d'amoureux sans maîtresse !
Et combien d'amans sans amour.

VALBÈLE

Ne prenez point pour un caprice
Un mariage aussi subit.

A Juliette.

Depuis long-tems je rends justice
A votre cœur, à votre esprit;

A cette âme douce et sensible,
Lorsque je m'unis sans retour,
Vous sentez qu'il est impossible
De vous épouser sans amour.

JULIETTE

On s'épouse par convenance,
Et souvent en ne s'aimant pas :
On exige encor la constance,
Quoique l'un de l'autre on soit las,
Et, remarquez la fantaisie
De messieurs les maris du jour :
On en voit peu sans jalousie,
On en voit beaucoup sans amour.

TRINKMANN

Les amoureux, dans une pièce,
Sont toujours froids en déclamant,
Ils expriment mal leur tendresse ;
En chantant c'est différemment :
Il n'en est point que je n'enflâme :
Tendre et brûlante tour-à-tour,
Ma musique, elle donne une âme
A tous ces amans sans amour.

Mad. DE RAINSI, *au Public.*

Qui fait un heureux mariage ?
Est-ce l'amour ou la raison ?
On ne sait cela qu'en ménage ;
C'est le secret de la maison.
Sans résoudre ce grand problême.
(Faisant le geste d'applaudir.)
Messieurs, vous pouvez en ce jour,
Protéger le couple qui s'aime,
Doter les amans sans amour.

TOUS

Protégez le couple qui s'aime,
Dotez les amans sans amour.

FIN.

274

www.ingramcontent.com/pod-product-compliance
Ingram Content Group UK Ltd.
Pitfield, Milton Keynes, MK11 3LW, UK
UKHW020451230726
13925UKWH00005B/1869